Elogios para

ME DICEN GÜERO

"¡Adoro este libro!". —Margarita Engle, poeta y National Young People's Poet Laureate 2017-2019

"Snapchat, *texting*, profes *cool*, el K-pop, hip-hop, los autos híbridos y los problemas de un chico de la frontera sitúan esta historia en los tiempos actuales, pero el verdadero corazón de esta novela en verso son los personajes que conforman la familia, los amigos y los vecinos de Güero: el tío Joe, la abuela Mimi, Joanna la fregona, los Bobbys y la bisabuela Luisa. Esta novela se arraiga a varias generaciones a través de la cultura, la geografía y la historia". —Sylvia Vardell y Janet Wong, creadoras de la serie *The Poetry Friday Anthology*

"Con *Me dicen Güero*, Bowles ha añadido un texto importante a la escritura fronteriza, un texto que hubiera enorgullecido a la gran Gloria Anzaldúa. Esta es una colección que resonará en los lectores y que, dado el trasfondo político actual, requiere ser leída". —PANK

"Güero es un niño pálido, pelirrojo y con gustos de nerd, que además de ser mexicoamericano, viene de la frontera. Güero desea haber nacido morenito para que nadie cuestione su identidad, pero su familia le aconseja que agradezca las ventajas de su tez clara, que puede abrir puertas para el resto de la familia. La voz de Güero resuena a lo largo de la novela a través de varias expresiones poéticas: desde sonetos hasta rap, de versos libres a haikus. Vibrante e inolvidable, esta colección es obligatoria para los jóvenes lectores junto a libros de inmigración, asimilación cultural e historias de la vida mexicoamericana". —*School Library Journal*

DAVID BOWLES
ME DICEN GÜERO

David Bowles viene del sur de Texas, de la frontera entre México y Estados Unidos, y da clases en la Universidad de Texas Rio Grande Valley. Bowles es también autor de *Serpiente emplumada, corazón del cielo: Mitos de México*. Su libro para jóvenes lectores *The Smoking Mirrors* obtuvo el premio Pura Belpré en 2016. La edición en inglés de *Me dicen Güero* (*They Call Me Güero*) también recibió dicha distinción. Bowles es uno de los colaboradores de Adam Gidwitz en la serie *The Unicorn Rescue Society*.

ME DICEN

GÜERO

ME DICEN GÜERO

GÜERO

Poemas de un chavo
de la frontera

DAVID BOWLES

VINTAGE ESPAÑOL
Una división de Penguin Random House LLC
Nueva York

PRIMERA EDICIÓN VINTAGE ESPAÑOL, NOVIEMBRE 2020

Copyright de la traducción © 2020 por David Bowles

Todos los derechos reservados. Publicado en los Estados Unidos de América por Vintage Español, una división de Penguin Random House LLC, Nueva York, y distribuido en Canadá por Penguin Random House Canada Limited, Toronto. Originalmente publicado en inglés bajo el título *They Call Me Güero* por Cinco Puntos Press, El Paso, en 2018. Copyright © 2018 por David Bowles.

Vintage es una marca registrada y Vintage Español y su colofón son marcas de Penguin Random House LLC.

Información de catalogación de publicaciones disponible en la Biblioteca del Congreso de los Estados Unidos.

Vintage Español ISBN en tapa blanda: 978-0-593-31141-7
eBook ISBN: 978-0-593-31142-4

Para venta exclusiva en EE.UU., Canadá, Puerto Rico y Filipinas.

www.vintageespanol.com

Impreso en los Estados Unidos de América
10   9   8   7   6   5   4   3   2   1

ÍNDICE

Chavo de la frontera 13
Franja fronteriza 14
Punto de revisión 15
Nuestra casa 17
Pantoum de pulga 19
Dedos y teclas 20
Canción de cuna 21
Aprendiendo a leer 22
Nagual 25
Combate de cohetes 26
Primer día del grado siete 29
Los Bobbys, o La Liga de Ratones de Biblioteca 31
Me dicen Güero 34
La Sra. Wong y el conejo 36
Trickster 39
Popurrí cumpleañero 41
Los domingos 42
Discos 43
Variedad musical 45
La Mano Pachona 46
Travesuras 50
Confesión 51
Reflexiones durante la misa 52
El recién llegado 54
Concreto navideño 57
Las lecciones de historia del tío Joe 59
Tamalada 61
Comida para cada temporada 64
El regalo 66
Answering the bully 67

Joanna la fregona   70
Barrios   72
Textos de San Valentín   74
El cine   75
Remedios y rarezas   77
Guerra de cascarones   79
La lechuza afuera de mi ventana   81
La balada del poderoso tlacuache   84
La eliminatoria   86
Español alado   88
Mis otros abuelos   90
Boda en Monterrey   92
Perdiendo a Puchi   95
Wheels   98
Carne asada   99
El día del padre   101
Teresa y el vals de quince años   105
Un soneto para Joanna   107
El refugio en el rancho   108

Glosario   109

A mi familia, mis amigos, mis maestros y mi comunidad:
sin ustedes no soy nada.

CHAVO DE LA FRONTERA

Qué chido ser chavo de la frontera,
levantarme temprano los sábados
y cruzar el puente a México con papá.

El pueblo es como el nuestro en un espejo:
se habla español igualmente en todas partes,
y el inglés casi no se escucha hasta que aparece
como granos de azúcar esparcidos sobre un chile.

Desayunamos en nuestro restorán favorito.
Papá toma café de olla mientras yo tomo chocolate;
luego caminamos por banquetas chuecas,
platicando con extraños y amigos en dos idiomas.

Luego cargamos el carro con cocas mexicanas y Joya,
aguacates y queso, sabrosos recuerdos de nuestras raíces.

Pero haciendo fila en el puente, pierdo mi sonrisa.
La valla fronteriza se alza, alta y fea, invadiendo
el carrizo a la orilla del río. Papá me ve mirando,
pone la mano en mi hombro. "No te preocupes, m'ijo:

"Eres un chavo de la frontera, un pie en cada ribera.
Tus ancestros cruzaron el río mil veces. Ningún muro,
por alto que sea, puede impedir que tu herencia
fluya para siempre como el mismo Río Grande".

FRANJA FRONTERIZA

Sesenta millas de ancho
a cada lado
del río,
la tierra de mi gente
se extiende desde el golfo
hasta el paso de montaña.
Esta región fronteriza,
borderland,
hogar de plantas resistentes.
El bosque espinoso
con sus sauces negros,
ébanos, mezquites,
huisache y piquillín.
Campos trasplantados
de maíz y cebolla,
sorgo y caña.
Huertos extranjeros
de toronja roja
emblanquecidos
por las flores.
Chaparral nativo,
un arcoíris brillante
de salvia morada,
rosa de las rocas, manzanilla
y fruta de anacua.
Más allá de sus bordes
se extiende el desierto salvaje,
áspero y encantador
como un nopal que florece
bajo el sol.

PUNTO DE REVISIÓN

Vamos de viaje a San Antonio
para shopping y Six Flags.
Papá va frenando al acercarnos
al punto de revisión; todos esos agentes
del Border Patrol con sus uniformes verdes,
esas pistolas listas para desenfundarse.
Mamá agarra los papeles: nuestros pasaportes,
su tarjeta verde. Ella es de México. Residente,
no ciudadana, por decisión propia.
En el punto de revisión, un pastor alemán gigante
olfatea las llantas mientras los agentes hacen preguntas
e inspeccionan la cajuela. Mi hermanito
me aprieta la mano, asustado. Mi hermana rebelde
asiente y dice "Sí, señor", pero sé que está enojada
por esa mirada suya. Somos inocentes, claro,
pero nuestros corazones laten rápido.

Nos han contado cosas.
Cosas malas.

Con un gesto frío el agente nos da permiso
para salir de la franja fronteriza:
hecha un limbo por las leyes indiferentes
de personas muy lejanas que no nos conocen,
una zona de cuarentena entre blancos y morenos.
Siento coraje, como mi hermana, pero lo mantengo
guardado, apretadito en mi interior.

Sencillamente no entendemos
por qué tenemos que demostrar cada vez
que pertenecemos a nuestro propio país,

donde nuestra madre nos dio a luz.
Papá, como si pudiera sentir las malas vibras
que despedimos, nos dice que nos relajemos.

"No siempre será así", dice, "pero el cambio
depende de nosotros, sobre todo
de los jóvenes: ustedes y sus amigos. Mucho ojo.
Observen fríamente. Aprendan y enseñen la verdad.
Ahorita lo importante es llegar a San Antonio.
Vamos a llevar a su madre de compras,
a nadar en esa piscina con forma de Texas,
y a cenar a lo grande en Tito's. Pidan lo que quieran".

Y luego mete su CD favorito en ese estéreo viejo.
Los Tigres del Norte empiezan a cantar
"La Puerta Negra":

"Pero la puerta ni cien candados
van a poder detenerme".

Not the door. Not one hundred locks.
Ah, papá. Siempre sabe la canción indicada.

NUESTRA CASA

No compramos una casa ya hecha.
Nuestra casa tardó años en crecer,
cual bellota que se vuelve alto roble,
anchas ramas que dan sombra.

Por años mis padres juntaron dinero:
compraron un lindo lote en las afueras del pueblo
y trazaron los planos con el tío Mike.

Un año la familia echó los cimientos,
y al siguiente levantaron paredes de bloque.
Luego mi padre puso un techo resistente,
y comenzamos a vivir aquí,
terminándola cuarto por cuarto.
Todos le entramos a la obra
gastando casi cada centavo
para hacernos un hogar:
a home that glows warm with love.

Ahora es como si un poco de nuestras almas
se hubiera fusionado con el bloque y la madera.
No puedo imaginar la vida sin este lugar:
sobre estos azulejos aprendí a caminar.
En este marco medían mi altura,
con fechas que van subiendo
y se desvanecen.

¡Ay, cuántas risas y lágrimas
hemos compartido en esa mesa!
¡Cuántas películas chidas hemos visto
sentados en ese sofá!

Y aquí está mi recámara,
llena de todas mis cosas favoritas,
a la sombra del anacahuita
que una vez ayudé a plantar.

Un hogar modesto, eso sí,
pero entre sus acogedoras paredes
celebramos todas las riquezas que importan.

PANTOUM DE PULGA

A mamá y a mí nos encanta ir a la pulga,
perdernos en la multitud que fluye
entre todos los puestos rebosantes,
atraídos por colores, sonidos y olores.

Perdernos en la multitud. Apuesto a que fluye
por nuestras almas. Los humanos somos
atraídos por los colores, sonidos y olores,
como abejas por florecientes margaritas.

Por nuestras almas, apuesto a que los humanos somos
más felices juntos. Cargando bolsas abultadas,
como abejas atraídas por florecientes margaritas,
la gente se reúne y regatea amistosa.

Más felices juntos, cargando bolsas abultadas:
¡a mamá y a mí nos encanta ir a la pulga!
La gente se reúne y regatea amistosa
entre todos los puestos rebosantes.

DEDOS Y TECLAS

Mi madre es la organista
de nuestra parroquia:
una de las últimas, me dice.

Cuando era pequeño,
me enseñó a tocar
el viejo piano vertical
que ocupa un rincón del comedor,
repleto de fotos familiares.

Aunque ahora tengo doce años,
cuando me siento a practicar
colocando mis manos
sobre las teclas,
a veces siento sus dedos sobre los míos,
ligeros como plumas,
pero guiándome
de todas formas.

CANCIÓN DE CUNA

Como a muchos bebés de la frontera,
mi primera canción de cuna
me la canta, quedito, mi abuela
queriendo infundirme miedo.

Recién nacido llego a casa,
sonriendo todo chimuelo;
y tomándome en sus brazos
me hace serenata de miedo:

> *Duérmete mi niño*
> *duérmeteme ya*
> *porque viene el Cucu*
> *y te comerá.*

> *Y si no te come,*
> *él te llevará*
> *hasta su casita*
> *que en el monte está.*

Entonces supe la verdad:
vivir en el mundo es peligrar
porque hay monstruos al acecho,
pero la tradición te puede cuidar.

APRENDIENDO A LEER

Cuando era pequeño
mi abuela Mimi se sentaba
en su mecedora vieja y rechinante
para contarnos a mis primos y a mí
unas leyendas tan escalofriantes
que tendrían en ascuas a cualquier
pingo de frontera crazy for cucuys.

Yo siempre tenía preguntas
cuando se acababan los cuentos.
¿Cómo se llamaba el niño?
¿Qué hicieron sus padres
cuando no lo encontraron
en su cuarto?

¿Hay un escuadrón especial de policía
que rastrea manos peludas
y lechuzas y lloronas
para salvar a las niñas y los niños
que han sido robados?

"No sé, m'ijo. El cuento nomás
se acaba. Sucedió hace tiempo.
Nadie sabe el resto".

Pero yo no entendía. Era tan literal.
Creía que esas historias eran ciertas.
Así que seguí haciendo preguntas,
adivinando las respuestas hasta que
finalmente se dio por vencida
y me dijo una gran verdad:

"Tienes que aprender a leer, Güerito.
Solo encontrarás lo que buscas
en las páginas de los libros".

Así que comencé a rogarle a mi mamá
que me enseñara a leer, y lo hizo.
Apenas tenía cinco años.
Llegó el primer día de kínder,
y estaba tan emocionado pensando en
todos los libros que me estaban esperando
según mi hermana mayor.

Pero luego la maestra comenzó a dibujar
la letra "A" en el pizarrón, y entendí:
ninguno de los otros niños podía leer.
Ella nos iba a enseñar el alfabeto
¡una letra por día! Pero, ¡no, señora!
Me salí del kínder, todo un pequeño rebelde.

En lugar de a clases, mi mamá me llevó
a la biblioteca pública todos los días,
durante todo el año.
Leí libro tras libro tras libro,
deleitándome con los nuevos cuentos,
con esos lugares extraños y misteriosos.

Y cuando empezó primero de primaria
(no opcional como el kínder),
estaban tan asombrados con mi habilidad
¡que me avanzaron a la clase de lectura de tercero!
Hubo bullying, claro, pero estaba bastante orgulloso
y no me importaba que me llamaran nerd.

La consejera de la escuela
les ha dicho a mis padres
que ya puedo leer ¡a nivel universitario!
Y he encontrado muchas respuestas,
pero también preguntas nuevas.
Claro que paso todas las pruebas estatales
con puntajes súper altos.
Aprender en clase es fácil para mí.
Papá dice que todos esos libros
reconfiguraron mi cerebro,
preparándome
para el estudio.

Solo imagínate:
todo se lo debo a esas historias
que mi abuelita nos contaba
sentada en su mecedora
mientras temblábamos de emoción.
Incluso entonces, las palabras
calaban en mi cerebro
y esperaron años,
cual larvas en crisálida,
para desplegar sus alas de papel
y llevarme volando hacia el futuro.

NAGUAL

Una noche de verano
en el rancho, nos reunimos
alrededor de la fogata.
Mientras la oscuridad nos envuelve,
el tío Joe nos cuenta sobre el nagual:
un chamán pícaro y mágico
que se libra de su forma humana
para revelar su bestia interior
—coyote, lobo o perro—
y ataca los ranchos
comiéndose las vacas y ovejas.

¡Wow!

Ojalá supiera esa magia:
podría pronunciar algún hechizo
o realizar algún ritual
para deslizarme de mi piel
como ese legendario cambiaformas
y sentir la libertad
de correr bajo las estrellas,
el viento nocturno en mi pelaje,
mis ojos brillando con destellos
de luz de luna
¡y alegría animal!

COMBATE DE COHETES

Como cualquier otro cuatro de julio,
nos vamos al rancho a celebrar.
Mi padre y mis tíos encienden mezquite,
bebiendo cervezas, hablando de fútbol.

Mientras madres y tías preparan la fiesta,
mis primos y mi hermano disparan a los pájaros.
Pero Teresa y yo nos quedamos adentro
viendo un video, risa tras risa.

La abuela ha invitado al nuevo párroco:
va de grupo en grupo como una chachalaca.
Se ha de aburrir de escuchar confesiones,
¡por eso se ocupa de compartir tantos chismes!

Cuando la carne asada está lista, comemos.
Relleno mis quesadillas de fajitas, frijoles,
también guacamole. Tomo entonces una coca
de la hielera. Mi sabor favorito: siempre manzana.

Suben la música, cumbias y salsa,
streamed from tía Isabel's phone,
mezclada con risas y gritos y tal
al caer soñoliento el sol ya rojizo.

Pronto oscurece. Con panzas bien llenas,
los niños abrimos paquetes de cohetes.
Snapdragon bags for the littlest brats,
y otros prenden ristras de Black Cats.

El abuelo Manuel, veterano de Vietnam,
da un discurso sobre Estados Unidos,
el país que ama, los cuates que perdió,
sus sueños para todos. Un momento de silencio.

Luego Isabel pone el playlist favorito del abuelo,
y al ritmo de las canciones patrióticas,
¡Uncle Joe y tío Mike empiezan a lanzar
los fuegos artificiales más grandes y brillantes!

El himno nacional termina, y las bengalas cortan
la oscuridad en manos de pingos, como Jedi
que se enfrentan a una horda de terribles Sith.
Mi primo René nos muestra una sonrisa pecadora.

"¿Están listos para el combate de cohetes?",
nos pregunta a los chavos más grandes con un gesto.
Asentimos y lo seguimos. Nos conduce hasta
el establo de su padre. Boquiabiertos, aplaudimos.

Ese René ha tomado tubos de plástico,
cinta negra y pedazos de madera,
y ha hecho seis armas, una para cada quien.
"Son fusiles de cohete", nos dice sonriente.

Nos muestra cómo disparar: metes el cohete
hasta que la mecha se atore en la boca del tubo.
Encendemos los lighters de nuestros papás,
¡dispersándonos rápido y apuntándonos todos!

Esquivo el misil que Joseph ha soltado:
explota muy lejos, arrojando chispas.

A Timoteo, sin embargo, le dan en el pecho.
¡Es la puntería perfecta de Raúl! ¡Fuuuu! ¡PUM!

¡Es la guerra! Gritando corremos por el chaparral,
con cohetes metidos en los bolsillos traseros.
¡FSSS! El dardo mortal de René pasa zumbando,
¡quemando los vellos de mi nuca! ¡AY!

La batalla se desplaza hacia los adultos.
Los hombres, riendo, nos animan con gritos,
pero las madres enojadas solo saben regañar:
"¡Muchachos traviesos, se van a lastimar!".

Pero no somos los que se lastiman esa noche.
Torpe, me tropiezo al levantar mi arma:
con un silbido, el cohete golpea el suelo
y se precipita hacia el padre García...

¡OH, NO! Se estrella con su pie y sube por
su pantalón, explotando en su mera rodilla.
¡PUM! ¡Oh, el chillido que suelta! ¡AYYYY!

El sonido aún resuena en mis oídos mientras cumplo
con la larga lista de tareas que mi madre enojada
ha ideado para el resto de mi verano.

PRIMER DÍA DEL GRADO SIETE

Pantalones caquis,
camisa de uniforme, cinto:
otros odiarán volver a la secundaria,
¡pero yo estoy súper emocionado!

Verán, ando con un grupo poco usual:
Bobby Handy, el chicano medio gringo;
Bobby Lee, cuyos padres son de Seúl;
y Bobby Delgado, dominicano moreno.

Nos hacemos llamar el Güero y los Bobbys,
como si fuéramos una banda tejana famosa.
Mi hermana Teresa nos dice los Derds: diverse
nerds. Nos gustan los cómics, los juegos y los libros.

Parece que ha pasado una eternidad
desde la última vez que vi a mis tres cuates,
ocupados todo el verano con la familia:
¡pero al menos teníamos Snapchat y Skype!

Aunque prefiero caminar, papá me lleva en el auto.
Los Bobbys ya están en la cafetería
agarrando el desayuno. Fist bumps
all around. Sonreímos y nos insultamos.

Comparamos horarios. Solo algunas
clases compartidas, pero nos encontraremos
en la biblioteca como siempre.
La campana suena. ¡Arrancamos!

Es como navegar por el Río Grande,
evitando los lockers,
buscando la corriente de en medio.
Llego a la primera aula. Uf, qué mala suerte.

Snake Barrera. The bully.
Parece tener quince años.
Mi papá despidió a su papá.
Ahora me odia a morir.

Pero mis maestros son de mente abierta,
especialmente la de inglés y la de orquesta,
y una chava en la clase de sociales
voltea a verme dos veces.

Cuando la pesco mirándome,
ella sonríe y niega con la cabeza.
Siento mariposas en el estómago:
va a ser un gran año.

LOS BOBBYS,
O LA LIGA DE RATONES DE BIBLIOTECA

Si fuéramos un equipo
de superhéroes,
esta sería la historia
de nuestro origen.

Sucedió el año pasado,
en grado seis.
La escuela secundaria
te saca de onda,
sobre todo si eres
un nerdcillo de la frontera.
Tantos chavos altos
casi como adultos,
tantas chavas aun más altas,
desplazándose aterradoras
en grupos amazónicos.

Terminaba
en la biblioteca.
Cada día.
Antes de clases
y durante la hora de comer.
Un día, Bobby Handy
entró. ¡Por fin
alguien que conocía!
Nos sentamos juntos,
leyendo y compartiendo
líneas memorables
o escenas chidas.

Después de unas semanas,
descubrimos a otro
par de solitarios
rondando por los
rincones polvorientos
de la sección de no ficción.
Me acerqué
y me presenté.

Bobby Handy casi
se muere de la risa
al oír sus nombres:
Roberto Delgado
y Robert Lee.
Se le quedaron viendo
como si estuviera loco.
"Tres Bobbys",
les expliqué.
"Y un Güero",
Handy logró agregar.

Aquí viene lo del mentor.
Todo héroe necesita uno.
El Sr. Soria, el bibliotecario,
con su pelo esponjado
y sus cejas pobladas,
nos mandó a callar.

Pero después de hacernos
unas preguntas raras,
descubrió que somos
unos nerds auténticos.

"Hablemos de libros", sugirió.
"Les mostraré los mejores".
Era raro pero divertido
y bastante persuasivo.

Ese fue el nacimiento de
La Liga de Ratones de Biblioteca.
Ahora nos reunimos
dos veces al día
a compartir títulos favoritos
y buscar nuevos clásicos.

¡Suertudos que somos! El Sr. Soria
sabe de un montón de escritores
que se ven y hablan como nosotros:
dominicanos, coreanos, chicanos;
autores negros e indígenas también.

Es el momento perfecto
para nerds y geeks diversos,
para todo lector iluminado:
héroes cuyo poder
es viajar por estas páginas
a tiempos y lugares distantes
para hallar sus orgullosas reflexiones.

ME DICEN GÜERO

En mi familia yo soy el de la tez más clara.
La de mi hermana Teresa luce tostadita
y la del pequeño Arturo, medio melosa.
Pero yo soy blanco lechoso, lleno de pecas.

Todos me tienen un apodo:
el tío Danny me llama El Pecas,
el abuelo Manuel toca mi pelo cobrizo
y exclama: "¡Eso, mi Red!".

Pero la mayoría me dice Güero.
De hecho, repiten tanto esa palabra
que cuando era chavalillo
¡pensaba que era mi nombre!

A mi familia le encanta mi palidez,
incluso a Teresa, quien dice que está celosa.
Me parezco a mi abuela, con
mucha sangre española e irlandesa.

Pero en la escuela es otra onda,
como si hubiera escogido mi color a propósito.
Los haters dicen que me creo mucho;
me llaman "el Canelo chafo" y se ríen.

Indignado, pienso: "Ojalá pudiera boxear
como Saúl Álvarez, el verdadero Canelo".
Mis manos ansían volverse puños
y resolver mis problemas a golpes.

Pero me trago mi orgullo, me calmo.
Cuando papá me recoge, lo nota.
"¿Qué pasa, Güero? Pareces tener
ganas de repartir trancazos".

Conduce y le explico, la boca apretada.
Mi papá pone su mano sobre la mía.
Marrón oscuro cual corteza de mezquite
o barro sacado del suelo mexicano.

Quisiera que mi piel fuera así
y no toda rosada y pecosa,
volviéndose rojo langosta bajo el sol
hasta hacer juego con mi pelo oxidado.

"M'ijo, los güeros tienen más chances,
aquí y en México también. No es tu culpa.
No es justo. Nomás así ha sido durante años.
Se abrirán puertas pa' ti que se cierren pa' mí".

Mis ojos se llenan de lágrimas. "Pero
¡no pedí que nadie me las abriera!".

Papá me aprieta la mano. "No, pero ahora
debes mantenerlas abiertas pa' todos nosotros".

LA SRA. WONG Y EL CONEJO

Este año mi profesora de inglés
me abre todo un mundo nuevo.

Sé de inmediato que la Sra. Wong
será diferente. Por ejemplo,

tiene un conejo blanco en el aula: Nun.
Blanco, con orejas caídas. Un "lop", explica.

(Bobby Lee me dice que "Nun significa "nieve" y
"ojo" en coreano: los ojos del conejito son rojos).

La primera semana de clases, la Sra. Wong habla sobre
el conejo de la luna. Tanto en Corea como en México,

la gente cree que las manchas de la luna hacen
la forma de un conejo que los dioses colocaron allí.

Nos pone a leer mitos aztecas y mayas,
luego leyendas chinas y coreanas también.

Me quedo asombrado. Pero la Sra. Wong
apenas comienza. Nos pone una canción:

"Bandal", que significa "Media Luna",
una melodía lenta y bonita de su infancia.

Por la Vía Láctea, a través del cielo oscuro,
un botecito blanco lleva un conejito y un árbol.

Las letras de las canciones, explica, son solo poemas
con música. Yo nunca había pensado en eso.

Luego leemos un poema de Miguel León-Portilla
sobre el conejo lunar. Lo escribió en náhuatl,

el lenguaje de los aztecas, pero la página
tiene traducciones al español y al inglés.

> Yo pude contemplar a los pájaros de la noche
> y también al conejo en la luna.

Lo analizamos en grupos, y Bobby Lee se emociona.
¿Tantos idiomas chidos? ¿En clase de inglés? ¡Whoa!

Más tarde, la Sra. Wong dice algo que no puedo olvidar:
"La poesía es la lente más clara para ver el mundo".

Esa noche, empiezo a buscar en Google la letra de mis
canciones favoritas, escritas en estrofas y estribillos.

La profesora tiene razón. Es poesía: metáfora y rima
flotando sobre la música como la luna en el cielo.

Después, la Sra. Wong se vuelve mi modelo a seguir.
Ella junta poemas del pasado con otros del presente,

retirando la tapa y mostrándonos los secretos,
cómo los bosques nevados de Frost simbolizan la muerte

o por qué Soto coloca una naranja que brilla como fuego
en manos de un chavo enamorado de casi mi edad.

Y estoy enganchado. Empiezo a leer todo
lo que me da: voces fantásticas pero familiares,

que me muestran verdades que reconozco
aunque antes no sabía las palabras precisas.

Mi mente y corazón se hinchan con todo lo
que añoro decir, y un día simplemente sucede:

Me pongo a escribir y se me sale el alma,
fluyendo en torrentes, línea tras línea.

TRICKSTER

El Sr. Gil, el profesor de sociales,
un día anuncia una "unidad temática".
La Sra. Wong y él se están uniendo
para enseñarnos sobre... máscaras.

La gente hace máscaras en todas partes,
pero nos enfocamos en México y Corea.
Aprendemos sobre rituales antiguos
—teatro, danza—, y cómo nuevas tradiciones
se fundieron con las viejas formas
para dar lugar a distintas máscaras.

Leemos, escribimos y reflexionamos.
Para mí, lo mejor es que las máscaras
pueden ocultar o revelar tu identidad.
Puedes fingir ser otra cosa
—dios, monstruo, princesa, chamán—
o puedes mostrar tu verdadero yo,
tu alma animal,
tu esqueleto.

Para el proyecto final, la Sra. Wong
invita a una amiga, una artista mexicana
llamada Celeste de Maíz,
experta en hacer máscaras.
Nos muestra su obra: caras increíbles
y locochonas talladas en mezquite,
pintadas con colores salvajes.

Nos enseña a hacer nuestras propias
máscaras de papel maché. Me pongo a cavilar.

¿Debo fingir o revelar? ¿Qué hay dentro de mí?
El Sr. Gil busca mi fecha de nacimiento. Me dice
que en los calendarios azteca y maya
el día es 11 Perro. Cualquier canino, dice,
podría ser mi tonal, mi alma animal.

De inmediato, lo sé. El coyote emplumado.
Aztec Trickster. Dios de la música y las travesuras,
de la sabiduría y los cuentos. Decido adornarla
con plumas naranjas y doradas
que harán eco de mi cabello cobrizo.

¡La máscara es puro fuego!
Y los Bobbys también han creado las suyas.
La de Handy es una calavera azul brillante
acentuada con flores plateadas.
Lee hace un viejo monje coreano
con bandas de colores en la nariz.
Pero Delgado nos sorprende a todos:
¡una máscara de carnaval con pico de pato
y cuernos plumosos! ¡Perrón!

Ese fin de semana no podemos resistirnos.
Estas máscaras no pueden quedarse de adorno.
Nos vamos caminando al monte
vistiendo shorts y tenis.
Luego nos ponemos las máscaras
y corremos por el chaparral
persiguiendo lagartijas y arañas,
interpretando nuestro ser secreto
ante la tierra y el cielo.

POPURRÍ CUMPLEAÑERO

Hoy mi hermano cumple siete.
¡Escucha los sonidos alegres!

Dale, dale, dale...
No pierdas el tino,
porque si lo pierdes...
¡PUM! ¡Explota la piñata!

¡Los pingos corren a los dulces como una manada!
¡Bolsitas pa' chiquillos que no alcanzan pa' nada!

Estas son las mañanitas
que cantaba el rey David...
Happy birthday to you,
Happy birthday to you,
Happy birthday, Arturito...

Pide un deseo
y ¡apaga las velas!
¡Mordida!
¡Mordida!
¡Mordida!

Todavía no te limpies la barbilla.
Falta la foto: vamos, ¡una sonrisa!

¡Dame un abrazo, carnalito!
¡Abre mi regalo primerito!

LOS DOMINGOS

Levantarme temprano, ir a misa,
cortar el zacate con mucha prisa.

Un regaderazo, bastante comida,
otro episodio de esa serie divertida.

Estirar el cerebro con un libro que leo,
e intentar ganar ese juego de video.

Ya está la cena, nos ponemos a platicar.
Después de las noticias, salir a caminar.

Practicar acordeón en el garaje,
soñando con fans y lujosos viajes.

Compartir memes en las redes sociales,
chatear por una hora con mis carnales.

Lavarme los dientes, rezar a la Virgencita,
cerrar los ojos (¡que no haya pesadillas!).

En un santiamén, el domingo termina,
¡y la mañana del lunes ya se avecina!

DISCOS

Cada semana camino unas cuadras
para visitar a mi bisabuela Luisa.
Tiene casi ochenta años, es frágil y lenta,
pero su mente es viva y divertida,
¡y le encanta la música!

Me sirve agua de melón
que hace pensando
nada más en mí:
sabe que me encanta.
Juntos vemos sus discos
y me cuenta de los cantantes,
los compositores,
las orquestas
de esa época
dorada.

Como héroes antiguos,
sus nombres hacen eco
en nuestros corazones:
Tomás Méndez Sosa
José Alfredo Jiménez
Chavela Vargas
Jorge Negrete
Pedro Infante
Lucha Reyes
Los Panchos

Con manos firmes,
mi bisabuela saca un disco
de su carátula,

lo pone en el tocadiscos
y baja la aguja.
Del siseo y chisporroteo
emergen unos sonidos viejos
pero hermosísimos.

Se recuesta en su silla
cerrando los ojos,
transportada al pasado.
Yo solo puedo observarla,
escuchando callado,
pero con eso me basta.

VARIEDAD MUSICAL

Cada uno tiene su gusto personal,
pero la música tiene un lugar especial
en la vida de todos mis parientes.
Hay que ser felices, no sobrevivientes.

El abuelo prefiere escuchar conjunto.
Tío Mike, las bandas tejanas y punto.
A mi tío abuelo Juan le van las rolas viejas.
Tía Vero se cree la reina de la discoteca.

¿Esas canciones alegres? Mi hermanito
las saca de sus cartoons favoritos.
A Teresa le gusta bailar al son
del K-pop, el jazz y el reguetón.

El tío Danny es fanático del rap:
el chasquido de la tarola, chocar del hi hat,
flujo rico y suave de un alma urbana,
notas bajas que vibran cual croar de rana.

Para papá y Joe el country es sabroso:
el retintín de guitarras, cantantes gangosos
que adoran a los perros, las camionetas, las botas,
y los amores sencillos entre la creosota.

Mamá escucha rock en español
para equilibrar su pasión por lo clásico.
Yo también mezclo lo viejo y lo nuevo:
boleros, rancheras, dub-step y techno.

En nuestras fiestas hay variedad musical:
tú pon tu playlist: ¡nos encanta escuchar!

LA MANO PACHONA

La semana pasada, entre clases,
los Bobbys y yo fuimos al baño.
Me andaba mucho, pero me quedé
inmóvil en la entrada del compartimiento,
asomándome para ver el sanitario.

"¿Qué fregados, Güero?", preguntó Delgado,
y me sonrojé de vergüenza.
"Güey, solo estoy checando, ¿okay?
¡Algunos chavos no le bajan!".
Los otros Bobbys se echaron a reír.

No era la verdad. Todavía me daba miedo
una amenaza sobrenatural. Hace ocho años,
mi abuela Mimi nos hizo un cuento
que me dejó una marca duradera.
Me lo merecía.

Yo era el más chiquillo en aquel entonces;
me sentaba detrás de mis primos mientras
Mimi nos contaba las historias más espeluznantes,
leyendas ya viejas cuando
ella era una niña.

Pero yo era travieso para mi tamaño,
y arrebataba galletas de los platos
de mis primos mientras se inclinaban,
con ojos muy abiertos, escuchando ansiosos
cada palabra aterradora.

Me llenaba la boca de galletas,
los ojos de Mimi se entrecerraban,
y casi podía escucharla pensar:
"Mocoso tramposo, huerco ladrón,
ya verás lo que te espera".

Porque mi abuela no nos pegaba,
casi nunca levantaba la voz.
No, para castigar a diablillos como yo
nos incluía en una historia espantosa,
como yo estaba a punto de descubrir.

"Un nuevo cuento", anunció una semana,
"sobre la Mano Pachona". Me estremecí,
pero los otros chamacos se emocionaron.
Esta leyenda era la que más me asustaba:
una garra peluda que se arrastra siniestra.

Una vez Mimi nos dijo que la garra
era de un mago maya que hace siglos
se negó a renunciar a los dioses de su pueblo.
Luego la Inquisición le cortó sus extremidades
sin saber que había hechizado su mano izquierda.

Ahora busca venganza, acechando
a niños traviesos con sangre española.
"Como cada uno de ustedes", decía Mimi,
un destello de alegría en sus ojos
mientras tragábamos saliva, temblando.

Aquel día dijo que revelaría
la identidad de una de sus víctimas.
"Había una vez un güerito,

travieso pecador, que le gustaba
robar dulces ajenos".

Mis primos se echaron a reír.
Sabían lo que me pasaría.
"Pero al fin el pingo pelirrojo
comió su última galleta.
Engulló esa delicia robada
y sintió su barriga retumbar.
Ya le andaba del baño.

"Corrió por el pasillo, canturreando
una melodía tonta en voz baja:
'Ja, ja, ja, ¡les robé las galletas!
Ja, ja, ja, ¡y no me pescaron!'.
Luego entró en el baño.

"Cerró la puerta, se bajó los shorts
y se sentó para hacer sus necesidades.
Pero, ¡ay, pobre güerito! Gran error.
¡Cómo no miró antes de sentarse!
Tal vez su destino habría cambiado.

"Porque, verán, ahí esperándolo
en el agua al fondo del excusado...
¡ESTABA LA MANO PACHONA!
Se abalanzó, agarró al niño,
¡y lo bajó de un jalón a la cañería!

"Nunca más se le volvió a ver
ni jamás se supo nada de él".
Me puse aún más blanco de miedo.
Solo un huerquillo, creía que toda historia

que ella contaba era la mera verdad.
¡Así que esto tenía que ser profecía!

"¡No, abuelita!", grité temblando.
"¡No deje que la Mano Pachona
me agarre la pompi!".
Verás, eso fue lo peor de todo.
Ser arrastrado y asesinado, qué horror.

A ver, seamos honestos. ¡Sería famoso!
Imagínate los titulares: NIÑO DE LA FRONTERA
VÍCTIMA DE MANO PACHONA. Órale.
¡La inmortalidad! Pero no: MANO PACHONA
AGARRA TRASERO DE NIÑO DE LA FRONTERA.

Mimi se inclinó hacia mí. Yo temblaba.
Se escurrían mocos de mi nariz respingada.
"Entonces DEJA DE ROBAR GALLETAS,
¡ladronzuelo travieso!".

Y eso hice. Jamás volví a robar nada.
Aun así, hay una parte de mí,
por tonto que sea, que no puede dejar
de pensar que ella sí podía ver el futuro
y algún día me sentaré en la taza
para cumplir con mi destino al fin.

TRAVESURAS

Una noche, Handy me textea pidiendo que me escape
de la casa. Me esperan los Bobbys.
"Trae tu rifle de diablillos.
Podemos disparar a ratas y víboras". Ay, Dios mío,
le dije que sí. El error más grande de mi vida.

Los cuatro caminamos sigilosos por los callejones,
apuntando a cada sombra que se escabulle, turnándonos
para usar el rifle. Handy apunta a una farola en un poste
de luz y vuelve el mundo más oscuro apretando el gatillo.

Hay algo emocionante en esa repentina oscuridad,
y nos enloquecemos un poco: cada uno bombea
el rifle y rompe otra luz. Reímos como hienas, dándonos
golpes de puño, y corremos a la cuadra que sigue.

El arma vuelve a mis manos al pasar por el patio
trasero de Don Mario, con esas puertas corredizas de vidrio.
"¡Rómpelas!", Delgado me urge, y levanto el cañón:
pero allí está sentado el viejo en su silla, mirándome.

Bajo el rifle. Mi estómago da saltos mortales.
Don Mario se para, abre las puertas, entra en la noche.
"Córranle pa' sus casas", dice con severidad.
"Get on home, boys.
No hay ninguna razón pa' que estén rondando".

Caminamos a casa, callados. Sigo viendo los ojos
de Don Mario, su decepción.
De vuelta en mi recámara, escondo el rifle
debajo de mi cama. Quiero olvidar. Que se llene de polvo.
No quiero volver a tocarlo nunca más.

CONFESIÓN

Entro
en el confesionario
para confesar mis pecados,
pero en inglés. El padre García
suspira.
Corazón latiendo rápido, entiendo
que jamás engañaré a este cura:
ha escuchado (y visto)
mis pecados.

Mentirillas,
tarea copiada,
ese cómic robado,
cierta explosión de cohete;
riéndose
asigna la penitencia en español.
"Yo conozco tu voz, Güero.
Dios conoce tu corazón.
Sé bueno".

REFLEXIONES DURANTE LA MISA

Durante la misa, miro a mi alrededor.
Están casi todos los de este lado del pueblo,
pero faltan mis tres mejores amigos.

Handy es mormón: su enorme y amorosa familia
asiste a un centro de reuniones
en el barrio religioso del municipio aledaño.

Lee es presbiteriano: prefiere llamarse "cristiano",
pero le recuerdo que los católicos también lo somos.
Sus padres son miembros de una iglesia cercana.

Delgado no practica ninguna religión,
aunque su madre reza a sus antepasados
y a los viejos dioses. Me dijo que es agnóstico.

Lo busqué en Google: "Alguien que piensa
que es imposible saber si Dios existe".
Esto me sacó un poco de onda:

para mí es obvio que hay un Dios
porque Lo veo en todo lo que me rodea
y Lo siento aquí en mi corazón.

¿Cómo puede Delgado dudar de Él?
Pasé días preguntándomelo, preocupado.
Cada noche rezaba por los Bobbys.

No podemos todos tener la razón, ¿verdad?
Tres de nosotros debemos estar equivocados,
a menos que... todos lo estemos. Imposible.

Ahorita, el padre García leyó esto en la biblia:
"No juzguen, para no ser juzgados. Porque con
el criterio con que ustedes juzguen, se les juzgará".

Uf, ¡qué alivio! La respuesta a mis plegarias.
Ya quiero que se pasen las horas. Esta tarde,
los Bobbys y yo... ¡nos vamos al cine!

EL RECIÉN LLEGADO

Esta semana hay
un chavo nuevo
en la clase de matemáticas:
Andrés Palomares,
tranquilo y tímido.
Cuando suena la campana
se escabulle a la clase de
inglés como segundo idioma,
así que sé que debe ser
un recién llegado,
un inmigrante.

Durante la hora
del almuerzo
come solo.
Abandono a los Bobbys
para sentarme con él.
"¿Puedo?", pregunto
tomando asiento,
y con la cabeza asiente.
No dice mucho, pero me
entero de que es hondureño.

Al día siguiente le pido
al Sr. García que me deje
ser tutor de Andrés.
Nos empareja.
"¿Por qué?",
pregunta el nuevo.
Me encojo de hombros.
"¿Por qué no?".

Y le ayudo a leer
un problema verbal.

Pasa una semana.
Empiezo a caerle bien a Andrés
y se nos une en la cafetería,
incluso chatea con Delgado.
Hasta que un día,
mientras lee un problema
con su inglés vacilante,
susurra estas palabras:
"Una familia toma un tren".

Con los ojos rojos, Andrés
se levanta de la mesa
y sale corriendo del aula.
Con el permiso del maestro,
salgo también a buscarlo.
Por fin doy con él. Se ha
escondido en un pequeño nicho
cerca de la biblioteca, llorando.
"¿Qué te pasa?", le pregunto.

Su historia sale como vapor
de una locomotora:
las amenazas contra la familia,
tener que abandonar Honduras
arriesgando la vida y las extremidades
sobre la Bestia, ese tren que atraviesa
México traqueteando de sur a norte.
Soñando ilusionados con nuevas vidas,
refugiados centroamericanos
se aferran a ese peligroso metal.

Un día terrible, las ruedas de la Bestia
le cortaron una pierna a su hermano.

"Perdimos todo
con coyotes y policías
y bandidos. Pero
nos tenemos los unos
a los otros", me dice.
"Ahora vivimos en un tejabán
en una colonia. No hay agua
ni luz. Pero estoy a salvo.
Excepto cuando sueño".

Lo ayudo a pararse,
y le doy un rápido abrazo.
No me había dado cuenta,
pero hay una docena
de nuevos estudiantes
en la secundaria:
como Andrés,
cruzaron México
encima de trenes
por desiertos secos,
a veces sin padres.

Veo la preocupación
en sus ojos:
hambre, deportación,
school bullies.
Ahora Andrés y yo
saludamos a cada uno
con una cálida sonrisa.
"Bienvenido", decimos.
Welcome, friend.

CONCRETO NAVIDEÑO

Mi padre es albañil
como su padre Manuel
y su abuelo también.
"Generations of builders",
me dice con una sonrisa.

Poco a poquito ha ido
construyendo su propia empresa,
una pequeña constructora:
trabajo estable para el abuelo
y la mayoría de mis tíos.

Es un negocio familiar
así que me obliga a ayudar
cuando no hay clases:
"Necesitas un oficio,
a profession to sustain you".

En estas vacaciones de invierno
soy el ayudante del abuelo Manuel,
maestro yesero:
tengo que llevarle cemento húmedo
como nieve grisácea en una carretilla.

Hace frío. Me sangran las manos.
Me duelen los músculos. Tengo sueño.
Durante un descanso, me quejo:
"Odio este trabajo. ¿Por qué yo?
I'm going to college, you know".

"Ya sé, m'ijo. But there's value
in manual labor. También dignidad.
Tu apá y yo tenemos un deber:
no podemos dejar que seas un inútil
con esas manos que Dios te dio".

Supongo que tiene razón,
pero que quede clara una cosa:
después de sacar mi título,
¡no habrá más concreto navideño
para este güero pelirrojo!

LAS LECCIONES DE HISTORIA DEL TÍO JOE

Mi tío Joe
es el cronista familiar,
un filósofo vaquero,
nuestro experto local en
historia mexicoamericana:
¡presenció momentos importantes!

Un día nos dirigimos al río y colocamos
unas sillas en nuestro lugar favorito,
un refugio sombrío en el borde de su rancho.
"Cuando era chavalillo", dice, mirando
el flujo de agua, "naiden nos enseñó
sobre nuestra gente, sobre la Revolución.
Hablaban del Tratado de Guadalupe Hidalgo
como si juera un triunfo pa' la democracia
¡y no un robo violento de tierras ajenas!
Esto debería ser México, m'ijo. ¿La frontera?
Nos cruzó por encimita.

"Es más, cuando estaba en primaria
¡no me dejaban llamarme José!
It was Joseph this and Joseph that.
Así que me puse Joe. Y olvídate del español.
Si te pescaban dijiendo una sola palabra,
¡PAS! te pegaban".

Hechizado y enojado, le pregunto al tío Joe
si por eso nunca fue a la universidad
a pesar de ser tan inteligente.

"Pos, sí. Además, naiden creía en mí.
Fíjate. Cuando estaba en grado siete como tú,
la consejera me preguntó qué quería ser.
Un abogado, le dije. Esa gringa casi
se ríe en mi cara. 'What? No, Joseph.
Deberías ir a una escuela técnica,
estudiar pa' mecánico. ¡Que no te dé
pena trabajar duro!'. Vieja racista.

"Pero comoquiera le seguí. Estudié mucho.
Luego, en la prepa, hice un escrito
sobre la conquista pa' la clase de historia.
Trabajé bien duro en eso: investigué,
revisé y edité, todo ese jale.
¿Know what I got? Una F. No es broma.
El teacher dijo que era demasiado bueno.
'Obviously plagiarized'. Después de eso, pos,
me di por vencido. Los guardianes no iban a
dejar a este chicano pasar por la puerta".

Luego se inclina hacia adelante y me mira,
súper serio, sus ojos repentinamente rojos
con rabia o tristeza o esperanza.
Hasta las chachalacas se callan,
como si escucharan también.

"No dejes que te paren, chamaco.
Pasa por esa puerta con la cabeza bien alta.
Es tu derecho. Te mereces un lugar
en esa mesa. Pero cuando te acomodes allí,
no dejes que te cambien. Represéntanos, m'ijo:
a todos los que hemos sido pisoteados. Tú eres nojotros.
Nojotros somos tú".

TAMALADA

El día de Nochebuena nos reunimos en casa de Mimi,
listos para hacer docenas de tamales calientes.
Normalmente, las mujeres y las niñas se encargan de todo
mientras los hombres disfrutan del fútbol. ¡Este año no!
Teresa, mi hermana atleta, tiene ganas de ver el partido,
así que tomo su lugar, feliz con mi trabajillo
de remojar las hojas de maíz en agua.
¡Me encanta el chisme, the juicy gossip!

Mimi amasa la masa, por supuesto, corrigiendo
a todos con voz regañona aunque sus ojos brillan
traviesos. Mi madre y sus concuñas cocinan
los rellenos: pollo, frijoles, puerco, pasas dulces.
Tía Vero y mis primas Silvia y Magy van untando
una fina capa de masa en las hojas con cucharas de plata.
"¡Cuidado!", advierte Mimi. "Esas son reliquias familiares,
¡el último trozo de riqueza de antes de la Revolución!".

Otros equipos de tías y primas agregan los rellenos,
luego doblan las hojas y las atan bien antes de
colocarlas ordenadas en ollas para el baño de María.
El calor de la cocina se mezcla con la risa;
bisabuela Luisa revuelve el champurrado
y dirige la rica plática: cuentos, chismes,
viejos dichos que nos hacen reír de felicidad
¡alimentándonos como buenos tamales!

"Saben, chicas", anuncia con una sonrisa arrugada,
"Jorge nunca intentó besarme cuando me andaba
cortejando. Tengo a Dios como testigo.
Me le insinuaba, but nothing.

Bueno, después de un tiempo me harté. Tomé las riendas
en mis propias manos detrás del granero de su padre".
Todas las mujeres se echan a reír, y trato de imaginarme
a mi bisabuelo Don Jorge como un chavo incómodo.
"Un poco tontos, los hombres", agrega Luisa con un guiño.

Mimi agarra un puño de masa y hace un gesto.
"De tal palo, tal astilla... con todo respeto",
le dice a su suegra. "Hay algo que quizás no sepan:
Manuel siempre hace trampas cuando juega golf.
Cree que nadie ha notado su hándicap".
Silvia frunce el ceño. "¿Y usted no le dice nada,
abuela?". Mimi se ríe. "Ay, m'ija. ¿De qué serviría?
Nunca va a cambiar. ¡Yo nomás lo dejo ganar!".

Mamá luego-luego se mete. "¡Ah, y cuando
se juntan padre e hijo! Güero, ¿te acuerdas
de la vez que tu abuelo Manuel y tu papá fueron
a pescar en alta mar? Pues, no pescaron nada".
Me quedo boquiabierto. "¡Pero si comimos filetes!".
Mamá niega con la cabeza. "Porque compraron
un pez espada de una tienda junto a la playa.
¡Luego juraron que lo habían atrapado solitos!".

Mi primita Silvia se voltea a mirarme. "Oye, ¿no que
abuelo Manny puso cerveza en tu biberón cuando eras
un bebé?". Sacudo el agua de algunas hojas y contesto.
"Yup, but I squirted ese mugrero right in his eye!".
Todas las mujeres asienten con aprobación.
"Cada hombre cuerdo lleva un loco dentro",
murmura tía Susana. "There's a nutjob waiting
inside every sane man!". Todas están de acuerdo.

Tía Vero, riendo, sigue con más chismes. "El día
de nuestra boda, Mike le dio reversa a su carro y
terminó en una zanja, ¿recuerdan? Se nos hacía tarde".
Mimi suspira. "Oh, yes. Sus hermanos tuvieron que sacarlo.
Ese Mike, siempre metido en problemas. Como dice
el dicho: Arrimarse a la boca del lobo es de hombre bobo.
¡Our men dive right into the jaws of the wolf!
Qué lindos tontos nos tocaron".

Luisa se me queda viendo y niega con la cabeza.
"Hablando del rey de Roma. Los hombres y las gallinas,
poco tiempo en la cocina, Güerito. Vamos, go check
the score. ¡Más vale que mis Cowboys estén ganando!".
Me dirijo a la sala, oigo unos vítores alentadores,
pienso en los chismes que he escuchado. Sonará feo,
pero es solo para divertirse. Nos aman —a sus
hombres y chamacos— con todo y nuestros defectos.

Después del juego, todo el clan se sienta a comer,
sonrientes y hambrientos, ofreciendo oraciones y
explicando cómo va el partido. Los tamales están
más deliciosos que nunca, rebosantes de sabor,
repletos de ricos rellenos, por supuesto,
pero también de mucha historia,
esmero, diversión
y magia familiar.

COMIDA PARA CADA TEMPORADA

Ocho haikus

Colcha San Marcos,
mas huelo tocino y
ya me destapo.

Atole y rosca,
¿cuándo irá a salir
el niño Jesús?

Niebla matinal:
camino a la escuela
compramos tacos.

La Isla del Padre:
en la playa estudiantes,
peces en el mar.

Flores fragantes,
blancura entre el verdor;
toronja roja.

Olor a pizza
que invade la escuela:
llega el verano.

Jugoso frío:
la sandía añora
su chile en polvo.

El sol sin piedad
nos reseca la tierra...
¿Quién vende raspas?

EL REGALO

Todo el semestre sin dejarme de quejar:
"¡Todos mis amigos ya tienen celular!".
Mis padres se negaban aunque me pusiera a rogar.

"Eres demasiado joven", dijo tranquila mi mamá.
"Son demasiado caros", agregó mi papá.
"Andamos cortos de lana, so ¡olvídalo ya!".

Según abuelo, los celulares vuelven a la gente floja.
Abuela Mimi declaró que yo la volvería loca:
mis ojos pegados a la pantalla, mi visión borrosa.

No habrá celular hasta la prepa, me imagino.
Pero los regalos se van juntando debajo del pino.
Así que con cuidado cada bolsa y caja examino.

Un ritual diario hasta que llega Navidad,
y abrimos los regalos llenos de felicidad.
Me siento algo triste, pero se acerca mi papá:

Me da una cajita que cabe en mi palma.
La abro desesperado, olvidando toda calma.

Es una marca barata de la pulga, pero no me voy a quejar...
Abrazo a mis padres y grito:
"¡Gracias por el celular!".

ANSWERING THE BULLY

Primero escucho
la voz de Snake.
"¿Te crees mucho,
güero cacahuatero?".
Luego me agarra
la cabeza y me avienta
contra un locker.

Me tropiezo y volteo.
"¿Qué ca...?".
Me hace una mueca
y todos los chavos
en el pasillo
se ríen a carcajadas.
"Todo sangrón con
tu casita lujosa,
tus poemas estúpidos,
todas esas pecas:
eres nomás
un gringo nerd".

No puedo pensar.
La campana va a sonar.
Me apresuro a la clase.
La Sra. Wong frunce el ceño
al ver la mancha roja
en mi cara.
Mis amigos susurran,
animándome,
pero mis oídos
retumban
de rabia.

Es demasiado grande,
demasiado gacho,
demasiado ignorante.
Enojado, saco
mi diario literario
y le contesto a Snake
con palabras
en lugar de puños.
La Sra. Wong observa,
con rostro preocupado,
como garabateo
furioso.
Y cuando suena
su temporizador,
ella me pide que me
ponga de pie y lea.

>   *Ey, bullies: lero, lero.*
>   *Yo soy el mero Güero,*
>   *un verdadero*
>   *cacahuatero,*
>   *peanuts and chile*
>   *all up in this cuero,*
>   *this skin, esta piel*
>   *es blanca, that's true,*
>   *pero soy tan mexicano*
>   *como tú y tú y tú.*

Mi voz tiembla
pero me encuentro con sus ojos.
Mero atrás,
El Chaparro,
un cuate de Snake,

mueve la cabeza
y guarda su celular.
Ha grabado
cada palabra.

Vuelvo a mi pupitre.
Bobby Lee me da
un golpe de puño
y susurra: "Estuvo
con ganas, pero
te va a matar".

A lo mejor.
Pero comoquiera
se sintió bien
plantarme firme
y contratacar
con rap.

JOANNA LA FREGONA

Cuando era todavía un huerquito
y pensaba que las niñas eran asquerosas,
abuela Mimi me dio un consejo romántico:

"Búscate una fregona, Güerito,
una fuerte que no te necesite para nada
pero que comoquiera te quiera.
Así como María Félix o Frida Kahlo,
una mujer que sea tu compañera,
tu igual en la vida y el amor".

Ahora la entiendo.

Hay una niña en mi clase de sociales,
Joanna Padilla. No puedo sacarla de mi mente.
Es bonita, pero no es eso
lo que me importa.

Es inteligente y grosera,
toma clases de judo en las tardes,
ayuda a su papá en su taller de enderezado,
le encantan las películas de superhéroes
y sabe mucho sobre los videojuegos.
Bueno, estoy un poco obsesionado, lo admito.
Pero no tengo suerte. Cuando le pido
que sea mi novia, solo se ríe.

Incluso le escribo un poema largo,
pero ella se lo guarda en el bolsillo trasero
como un pase de baño. ¡Nada funciona!

Un día al sonar la última campana,
Snake Barrera decide romperme la cara
justo cuando Joanna pasa caminando.
"¡Ayúdame!", grito. "Ayúdame, Joanna".
Ella gira y le dice a Snake que me deje en paz.

Cuando el bully se ríe e intenta
golpearme otra vez, ella lo agarra del brazo
y me lo quita de encima, arrojándolo al piso.

"Se necesitan agallas para pedirle
ayuda a una chava", Joanna me dice,
ayudándome a pararme.
"Me gustó tu poema. Era chistoso y dulce.
Está bien, Güero. Puedes ser mi novio".

Me limpio la sangre del labio
y los chavos que se han juntado a ver
exclaman "ooh" y "aah".
Luego sonríe mi fregona.

"¿Tienes dinero?
Vamos a la tienda de Rosy.
Pelear me da hambre".

BARRIOS

Cada día cuando se acaba la escuela
camino a casa con mis carnales y mi chava,
pasando por Rosy's Drive-Thru
para comprar Takis preparados
y agua mineral.

Allí, la mamá de Handy
lo recoge en su carro híbrido.
Como todas las familias
con antigüedad,
ellos viven allá por el centro.
A veces Lee se va con ellos
a la tienda de su familia.

Los demás seguimos caminando.
Andrés se nos despega y va
hacia el sur, despidiéndose
al entrar en su colonia:
calles de caliche, casas móviles,
chozas de madera.
Sus perros corren a saludarlo.

Se asoman gradualmente a la vista
armazones de casas de bloque
a medio terminar, a medio techar,
futuros prometidos que se avecinan.
Joanna me aprieta la mano
y se dirige hacia allá con Delgado
sacudiendo los restos de Takis de sus dedos.

Una subdivisión
se extiende calle abajo:
grandes residencias
compradas por familias
que cuentan con mucho dinero.
Los días en los que Lee practica piano,
me da una palmada en la espalda
y se va por esas calles bien pavimentadas,
a lo largo de jardines bien mantenidos,
a la elegante casa de sus padres.

Nuestra casa, en cambio,
se encuentra sola
en un lote de medio acre,
a la sombra de mezquites,
ébanos, anacahuitas.
Me paro en el porche
y vuelvo la mirada hacia el camino.

Fuimos una de las primeras familias
en mudarnos al lado norte del pueblo.
Papá ayudaba a construir estos barrios
mientras llegaban nuevos padres y madres
de México e incluso de más al sur.
Todos trabajan duro, buscando
una vida mejor para sus familias.
Me siento seguro en estas calles de caliche,
entre estas humildes casas;
escucho niños riendo
en la distancia
y sonrío.

TEXTOS DE SAN VALENTÍN

yo:
bae, quieres rosas
o dulces? compro cosas
pa' San Valentín

ella:
roses die, wero
los dulces me sacan granos
dame tu mano y tus poemas

EL CINE

Tenemos un plan.
Un sábado nuestros padres
nos dejan en el cine
a los Bobbys y a mí.
Joanna ya está esperando
con tres de sus primas.
Compramos popcorn y cocas.
Mis amigos hacen bromas estúpidas.
Las chavas desvían la mirada, pero se ríen.
Tomamos asiento en una fila del medio:
las chavas a la izquierda, los chavos a la derecha,
Joanna y yo en el medio.

El plan funciona a la perfección
al menos para mí. ¿Los Bobbys?
Todos desesperados, esos tres raros
siguen mirando de soslayo,
pero las primas de Joanna
ni en cuenta.

La película tarda un chorro en comenzar.
Quince minutos de comerciales,
seguidos de tráilers que revelan
todas las escenas claves y chistes geniales
de los grandes estrenos de primavera.
Finalmente, las luces se atenúan.
Es la más reciente película de superhéroes.

Trato de poner atención
pero no es tan intensa.
Además, siento la presencia

de Joanna como electricidad
que chisporrotea a mi lado.
Llega un momento de suspenso:
ella da un salto y agarra mi mano.
Nuestros dedos se entrelazan
y la película parece desvanecerse.

Solo puedo pensar en la presión
de su brazo contra el mío,
el aroma de su cabello
cuando se apoya sobre mí,
poniendo su cabeza en mi hombro.

Luego salen los créditos de la película.
Las luces se encienden.
Nos desenredamos
y me siento un poco raro.
Joanna y yo
ni nos miramos siquiera.

Pero de pronto, ¡cada chavo
está sentado al lado de una chava!
¿Cómo sucedió?
Me río con los Bobbys.
Joanna habla con sus primas.
Todos tratamos de actuar
como si nada hubiera cambiado.

REMEDIOS Y RAREZAS
Senryus supersticiosos

Nuestras familias
comparten tantas raras
supersticiones.

Con trapos rojos
mamá amarra al diablo,
y así se acuerda.

Si tienes hipo,
ponen un hilo rojo
ahí en tu frente.

Quitan migrañas
pasando un huevo sobre
tu cabecita.

"Bárrele los pies
y la niña no se casa":
¡mi hermana agarra la escoba!

Si nada va bien,
el humo de la salvia
aleja el mal.

Té de manzanilla
(a juzgar por cuánto lo bebemos)
lo deberá curar todo.

En el comedor
nunca pases la sal:
da mala suerte.

No toca el piso
la bolsa de mi tía:
¡piensa que se arruina!

Mis chones rojos,
un regalo de mamá:
¡ya viene el amor!

GUERRA DE CASCARONES

Después de la misa de Pascua,
nos vamos a la casa de tía Vero
a buscar huevos brillantes
entre naranjos en flor.

Medio acre punteado
con motas de colores vibrantes:
los huercos corren de alegría,
canastas de mimbre en sus manos.

Algunos huevos son de plástico,
llenos de ricos dulces de México
o monedas que tintinean.
Pero yo busco otros: ¡los cascarones!

¡Son los premios verdaderos!
Ahuecados, llenos de confeti
o de pesada harina, sellados
con cinta y colores pastel.

Mis primos me quitan a empujones,
compitiendo por esta munición,
estas pequeñas bombas de colores
que llevamos en bolsas de plástico.

Incluso nuestros tíos jóvenes
arrebatan unas a los huerquitos,
y la guerra comienza
como un combate simulado de la antigüedad.

Teresa me pesca por sorpresa,
aplasta un cascarón en mi cabeza
y me llueve una caspa de arcoíris.
Pero no la persigo. Paciencia.

Mejor me pongo a lanzar huevos
a mis primos Joseph y Álvaro,
y me agacho para que pingos
como Arturo puedan alcanzarme.

Rompo un cascarón rosa
sobre el cabello de mamá en el aire
(nunca se lo aplastaría en la cabeza)
y dejo que caigan papelillos brillantes.

La yarda se vuelve caótica:
chillidos, gritos y risas.
Pedacitos de cartulina
flotan a la deriva entre las flores.

Veo a Teresa. ¡Hora de la venganza!
La acecho como un cazador,
sigiloso, fuera de su vista,
aproximándome entre los naranjos.

Levanto el cascarón lleno de harina,
me le acerco rápidamente, y ¡CRAS!:
lo apachurro contra su cráneo.
Se empolva toda, cual fantasma blanco.

LA LECHUZA AFUERA DE MI VENTANA

Anoche me quedé despierto hasta tarde
viendo una película de terror en mi tableta.
Después fue difícil conciliar el sueño.
Estuve dando vueltas en la cama
por un tiempo con los ojos apretados,
pero la luz de la luna que entraba
era demasiado brillante,
así que me levanté suspirando
a cerrar las persianas.

Allí,
en una rama gruesa
del enorme mezquite
justo al otro lado de mi ventana,
estaba posada la lechuza más grande
que jamás he visto: un búho de color
blanco hueso, ojos negros como la tinta
y plumas erizadas como cuernos de diablo,
que giró lentamente hacia mí en ese preciso instante.

Podía escuchar la voz de Mimi
resonando en mi corazón palpitante:
"No todas las lechuzas son simples búhos.
Algunas son brujas disfrazadas
que aprovechan su disfraz de plumas y oscuridad
para hacer maldades. Así que ojo
aguzado. Si te mira fijamente, sin parpadear,
y luego suelta un horrible chillido,
¡podría ser tu final!".
Ya no creo en sus leyendas,
no soy un huerquillo que tiembla

creyendo que un búho sobrenatural
entrará en mi recámara,
destrozando el vidrio, para asirme
con sus garras y alejarse volando.

Pero aun así,
pensé para mí,
¿por qué tentar al destino?

Cerré las persianas,
las cortinas también,
y me metí bajo las sábanas.

Ahora batallé todavía más
para conciliar el sueño, pero de repente
estaba durmiendo con los angelitos.
Hasta que me desperté sobresaltado
a eso de las 3 a.m.,
bañado en sudor,
jadeando,
con el chillido de un búho
resonando en mis oídos.

Salté de la cama
y descorrí las cortinas
de la ventana sur,
asomándome por las persianas.
Nada.
Me reí débilmente
de mis propias tonterías,
y volví a la cama.
Fue entonces que vi
su silueta en las cortinas

de la ventana oeste,
la que no tiene persianas.

La lechuza había volado a otro árbol,
y se posaba silenciosa, mirándome.

Sin dudarlo, agarré mi almohada
y mi colcha, corrí por el pasillo
a la recámara de mi hermanito
y me metí a su lado en esa cama angosta.

Es curioso lo seguros que nos hace sentir
la presencia de otra persona.
Él no podía hacer nada para detener al búho,
pero su suave respirar calmó mi miedo.

Por fin cerré mis ojos cansados,
contento de estar al lado de mi hermanito.
Más vale prevenir que lamentar, pensé,
rindiéndome a un sueño profundo.

LA BALADA DEL PODEROSO TLACUACHE

El tlacuache grande bajó
del viejo mezquite;
cuando sea de noche, comerá
aunque nadie lo invite.

El basurero cerca estaba,
seguía ese olor.
Mas pronto pudo percibir
también un vil hedor.

¡Su némesis, el gato cruel!
¡Forastero invasor!
¡Sus ancestros cruzaron el mar
junto al conquistador!

Se interpuso de un salto entre
el tlacuache y su cena;
arqueó la espalda, se esponjó
y aulló cual sirena.

El tlacuache mostró colmillos
y su ágil cola enroscó:
el gruñido en su pecho
a un lamento llegó.

El gato saltó a golpear
con sus almohadillas:
peligrosas esas garras
sucias y afiladillas.

El gato se acercó a hincar
los dientes en su cuello,
pero el tlacuache se tambaleó
y murió con un resuello.

La puerta trasera se abrió,
el dueño llamó al gato.
De mala gana se alejó
sin más arrebato.

Luego el tlacuache se levantó
y se arrastró con mesura:
con manos y cola buscó
comida en la basura.

¿Ven qué difícil es combatir
a este tlacuache sensato?
Hasta con su cerebrito
es más listo que un gato.

LA ELIMINATORIA

Bien emocionados, nos subimos al camión:
¡El equipo de Teresa a las finales llegó!
Ahora casi todo el pueblo va para el norte.
Hay que apoyar, ¡es un gran momento!

Llenamos las gradas a los lados de la cancha
y animamos a las chavas en su buena racha.
Llevan el balón con destreza hacia el cesto:
un salto, un ZIUUUUS, ¡y gritos con el resto!

En poco tiempo ya vamos ganando.
Los otros están abucheando y bramando;
al unísono repiten este repugnante coro,
palabras que ahora nos llenan de horror:

"Go back, wetbacks! Build that wall!".
Adultos y adolescentes comienzan a gritar.
Un mar de rostros blancos, retorcidos de coraje,
amenazados quizá por nuestro mestizaje.

Mi hermana Teresa se detiene, en shock.
También nos sorprende este feo ataque.
"¡Nosotros amamos a esta nación!",
los Bobbys responden a todo pulmón.

El coach pide calma y un tiempo muerto.
¡El equipo hace un huddle y lanza un grito!
Las cabezas en alto luchan por ganar
ignorando el odio, a todo pesar.

Agitamos carteles y cantamos coros.
Nos tragamos el asco, el miedo, el azoro,
e instamos a esas damas a la dulce victoria,
un partido que se añade a nuestra historia.

Al final, el coach de las otras mujeres
nos pide perdón ante esos horribles seres.
La seguridad nos abre camino hasta nuestros coches
y con orgullo, invictos, salimos a la noche.

"Next up: state champs!", coreamos de regreso,
convencidos de que el equipo ganará una vez más.
Si no, pues no se agüiten, que no pasa nada:
pondremos *esta* victoria en la torre de agua.

ESPAÑOL ALADO

Todos los que conozco
hablan un español diferente:
el toque rural de la gente de la frontera,
la labia metropolitana de los inmigrantes,
la cambiante mezcla del Tex-Mex.

A veces nos reímos
los unos de los otros;
a veces solo escuchamos
asombrados los dulces sonidos
que se despegan de nuestros labios
como pájaros alzando el vuelo.

El español de mamá revolotea
como un colibrí:
un borrón de color rápido y frenético,
delicada perfección danzante.

El de papá es como un cisne:
feo y torpe al principio,
pero se vuelve algo hermoso,
ágil tanto en agua como en aire.

El acento dominicano de Delgado
me recuerda a los flamencos:
dando pasos altos para evitar cada "s",
picos haciendo cada erre líquida.

El Spanglish de Handy es como un avestruz:
no vuela y su andar no es nada bello,
pero aun así es bastante poderoso
y rápido una vez que arranca.

Escucho el eco de sus cantos
cuando hablo.
Esta lengua mía
es un aviario.

MIS OTROS ABUELOS

Una vez cada dos meses más o menos,
y casi siempre cada Semana Santa,
dejamos a Puchi en el rancho:
mis padres hacen las maletas
y tomamos un camión
a Monterrey,
Nuevo León,
México.

Nos bajamos
en el puente internacional,
nos inspeccionan en la aduana.
Una hora después, en la garita,
agentes y soldados suben a bordo,
aunque nunca piden nuestros papeles.
Supongo que nos vemos suficientemente mexicanos.

Mi hermano y yo dormimos casi todo el camino
hasta que nuestra hermana nos despierta.
Estamos cerca de la ciudad:
los cerros
se alzan.

Los papás de mamá,
mis otros abuelos,
siempre nos esperan en la central,
y nos saludan con abrazos de papacho.

Hay una recámara esperándonos en su casa
y toda nuestra comida favorita, preparada
por las manos expertas de Mamá Toñita.

Hace limonada,
y me da glorias
cuando nadie
mira.

Entonces,
después de haber comido,
Tata Moncho nos lleva a los varones
a alguna aventura con nuestros primos,
a un parque o una cascada, alguna actividad al aire libre.
Jugamos y bromeamos sobre el español pocho de Arturo.

Todos los días hay algo nuevo que hacer en Monterrey.
Es una ciudad grande y antigua, con mucha historia.
También es parte de mí. Cuando regresamos,
me siento recargado de cultura,
más mexicano, supongo,
con los suaves besitos
de mis otros abuelos
aún en la frente,
cual amuletos
de la suerte
contra todo
mal.

BODA EN MONTERREY

La hermana
de mi madre, Pilar,
se va a casar.
Estamos reunidos
en una capilla
en Apodaca,
justo afuera
de Monterrey,
con ropa formal
solo esta vez
pues el cura pronunciará
palabras muy serias.
Votos declarados,
anillos puestos,
los novios se arrodillan
en almohaditas
y son atados
con lazos de amor.

Luego nos vamos
en caravana
a una sala de recepción
para la atracción
verdadera:
la pachanga.
Botellas y bellos
centros de mesa,
un pastel altísimo.

Mis primos y yo
jugamos afuera

hasta que sirven
la comida.
Luego me quedo
en mi silla
viendo bailar
a mi tía
y nuevo tío
"El Vals de Novios",
que no es un vals
pero es hermoso
comoquiera.

¡Se abre la pista!
Parejas jóvenes
y viejas se levantan,
moviéndose al ritmo
de la cumbia.
Después de un rato
todos se detienen
y levantan un vaso:
¡Brindis!
Se comparte el pastel,
se lanza el ramo;
entonces los hombres
cargan al novio.
¡Muertito!:
una marcha fúnebre
marca el fin
de su soltería.

Todos se ríen,
y la fiesta sigue
hasta que

los recién casados
se despiden
y los invitados
vuelven a casa,
admirando
los recuerdos
que cada quien
se ha quedado.

PERDIENDO A PUCHI

Cuando estaba embarazada de mí,
mi mamá estaba regando las plantas un día
y de la nada salió una cachorra flaca, se arrastró
hasta sus pies y allí se desplomó,
como si finalmente se rindiera.
Mamá la cuidó hasta que se recuperó
y le puso de nombre Puchi.

Desde que llegué a casa, recién nacido,
ahí estuvo Puchi. Era una buena perrita,
me protegía día y noche.
Cuando aprendí a caminar,
lo hice con la mano sobre su cabeza
mientras guiaba mis pasos.

Yo crecí. Pero ella creció más rápido,
volviéndose madura y cautelosa,
aunque siempre con ganas de jugar.
Juntos exploramos el barrio
y el monte, caminando hasta
la resaca y de regreso,
un niño y su mejor amiga.

Puchi era leal a mi familia y feroz,
dispuesta a protegernos pasara lo que pasara.
Una vez mi madre se estacionó en el driveway
y comenzó a salir de su camioneta;
pero allí, gruñendo y enojado,
estaba el pitbull de los vecinos
que se había escapado de su yarda.

¡Mamá gritó de miedo, cerrando la puerta!
Entonces, con los dientes descubiertos,
Puchi acudió corriendo y ¡PUM!
Chocó con el otro perro,
aferró su hocico a ese grueso cuello,
lo arrastró al suelo, y allí lo sostuvo
hasta que mi mamá llamó al vecino.

Sí, Puchi era especial.
Ella era magnífica.
Ella era.
Era.

Su hocico marrón se llenaba de canas
cuando entré en la secundaria,
pero supuse que aún nos quedaban muchos años.
Recé todas las noches para que estuviera a salvo,
para poder llegar a la universidad antes del final.
Tal vez volverme adulto podría impedir
que mi corazón se rompiera.

Pero llegué a casa una tarde
y vi sangre
en una extraña espiral
alrededor de la casa.
Mis entrañas
se retorcieron.

Dejando caer mis libros,
corrí a la yarda trasera
y la encontré
acostada bajo
el gran mezquite,

con la cara tranquila
como si estuviera dormida.

Más tarde, de pie sobre su tumba,
doliéndome las manos y el corazón,
y las lágrimas escurriéndome por la cara,
le dije a mi papá: "Ella rodeó la casa
tres veces antes de morir. Ay, Puchi,
tu último pensamiento fue protegernos".

Incluso ahora,
meses después,
extraño a mi perrita.
Extraño a mi amiga.
Buena chica, Puchi.
Buena chica.

WHEELS

Tío Dan adora su lowrider:
rojo manzana y verde menta,
llantas de trece pulgadas, rines de alambre,
domina en las exhibiciones de autos.

Tío Joe conduce su camioneta
por todo el rancho, cargando paja
y postes y, a veces, un ternero.
No puede trabajar sin ella.

Mamá prefiere su sedán compacto,
poco combustible, bajas emisiones,
suficiente espacio para sus tres hijos;
papá también puede hacerse un sitio.

Mimi tiene su Oldsmobile negro.
"Un coche fúnebre", bromea morbosa.
Es antiguo, sí, pero con pocas millas:
a la iglesia y de regreso, poca cosa.

Sus autos les quedan a la perfección...
Me pregunto cómo irá a ser el mío.
Mi hermana se ríe: "Eres un nerd,
¡seguro vas a comprar un híbrido!".

CARNE ASADA

Es un ritual:
papá me envía a recoger
ramitas y zacate secos.
Arregla todo eso
sobre un periódico enrollado,
agrega carbón de mezquite,
y enciende el periódico.
Con un poco de viento
las llamas crepitan en segundos.
Cuando el calor se puede aguantar,
limpiamos la parrilla con cebolla.
Mamá saca la carne:
fajitas y costillas cargadas.
Papá abre una cerveza,
sorbe y apaga las llamas rebeldes.
Ponemos buenas rolas,
y a veces llegan parientes
con bebidas sobre hielo,
para devorar quesadillas.
Esta convivencia feliz
llena el aire de humo y risa.

Adentro, mi mamá y mi hermana
y cualquier otro que esté allí
preparan el guacamole,
la ensalada de papa y los frijoles,
sin olvidar el pico de gallo.
La mesa está puesta,
la carne chisporroteante
y los ricos acompañamientos
están apilados

allí en el medio.
Sonriendo, me apresuro
a dar las gracias,
y luego todo el mundo
empieza a comer.

EL DÍA DEL PADRE

No me da vergüenza decir
que quiero a mi papá.
Siempre lo he querido.
Es como mi héroe.

Mamá dice que,
cuando yo era bebé
y lo vi por primera vez,
alcé mi manita
y le indiqué que se acercara
con mis dedillos arrugados.

Mi primera palabra
fue "papá".

Cuando empecé a caminar,
me llevaba con él
los sábados bien temprano
a desayunar al pueblo
o al otro lado
de la frontera.
Cuando regresábamos a casa,
entraba yo a su lado,
muy orgulloso y serio,
y mamá sonreía,
susurrando:
"Mis dos hombres".

Me ha enseñado mucho,
me dio los cómics que coleccionaba
cuando era niño,

me enseñó a clavar con un martillo,
a disparar un arma,
a tratar a los demás con dignidad,
a ser un hombre.

Así que cuando llega
el tercer sábado de junio,
no le obsequio una corbata tonta
o algún otro regalo irreflexivo:
¡planeo todo un día de actividades!

Sus películas de acción favoritas,
esas enmoladas picantes
que le encanta comer,
un proyecto de carpintería
que podamos hacer juntos,
entradas para algún partido
que me obligaré a disfrutar,
gritando cuando él grita,
solo para hacerlo tan feliz
como él a mí.

Este año, cuando volvemos a casa,
agotados, me abraza y me agradece
antes de ir a pasar tiempo
con Teresa y Arturo.
(Sus regalos nunca son tan buenos,
pero ellos también son sus hijos).

En mi cuarto, checo mi celular
(lo dejé para no distraerme)
y hay cinco llamadas perdidas
de Bobby Delgado.

Me duele un poco el pecho
al ver su nombre
en la pantalla.
Sé por qué ha llamado.
El día del padre es duro para él,
significa algo muy diferente,
algo cruel.

Hace cuatro años,
el papá de Delgado
se despidió de él con un beso
antes del amanecer.
Era camionero el señor Delgado.
Dijo que volvería en un par de días.

Pero nunca regresó.
Los días se convirtieron en semanas.
La madre de Delgado se desesperaba:
llamó a la policía,
a los hospitales,
al jefe de su marido.

El señor Delgado se había ido.
Había entregado su camioneta
y simplemente había desaparecido.
Ninguna explicación.
Nada.

Hasta la fecha, nadie sabe
si volvió
a la República Dominicana
o comenzó otra vida
en otra parte,

sin el hijo único
que lleva su nombre,
Roberto Delgado, Jr.

Ahora, cada año,
mientras ando divirtiéndome
con mi increíble papá,
mi amigo sufre
solo,
triste.

¿Qué puedo hacer?
Decido llamarlo:
"Delgado. ¿Qué hubo?
¿Quieres jugar a Overwatch?".

Ambos iniciamos la sesión,
seleccionamos a nuestros héroes,
ayudamos al equipo a lograr un objetivo
gritándonos por los headsets,
riendo y maldiciendo.

Por un rato, al menos,
Delgado se olvida
del agujero en su corazón.

TERESA Y EL VALS DE QUINCE AÑOS

Mi hermana Teresa
no quiere una fiesta
de quince años:
odia los vestidos y el baile,
preferiría comprar un carro.

Pero mi madre insiste
porque es tradición familiar.
Así que Teresa cede,
pero con una condición firme:
"Quiero que Güero toque
cuando la banda haga sonar mi vals".

¡Wow! No sé qué decir.
Nunca supe que me escuchaba
cuando yo practicaba una y otra vez.
Solo levanto el pulgar, nervioso.

De tantas canciones posibles,
Teresa escoge "El Danubio azul".
Mamá sonríe ante la elección clásica.
Cada día en mi acordeón
practico esa melodía señorial
mientras Teresa ensaya
los intrincados pasos,
los movimientos elegantes.

El día que mi hermana cumple quince,
espero mi señal, subo al escenario
y ella toma la mano de mi padre,
hermosa en su vestido.

Mis dedos se deslizan al compás,
y los dos bailan
como si estuvieran solos:
un hombre reconociendo ante todos
que su hija se convierte en mujer.

La canción termina,
suenan las notas finales,
y ella levanta su cabeza coronada
para llamar mi atención:
mi hermana mayor,
con el rostro radiante de alegría,
me regala una sonrisa.

UN SONETO PARA JOANNA

Para darle una paliza a un acosador,
es a Joanna a quien debes llamar.
Tumbará al vato más malo y rudo
con una sonrisa y una llave de judo.

¿Un cambio de aceite para tu coche?
Ya está metiéndose bajo el motor.
Si algo hace que una llanta explote,
ella se baja pa' poderla cambiar.

¿Tu equipo no logra ganar el juego?
Pos, háganla miembro y triunfarán.
Si los antojos no sabes preparar,
el chile perfecto te puede indicar.

Y lo mejor, cuando estamos a solas
es la más dulce de todas las cholas.

EL REFUGIO EN EL RANCHO

Aquí no hay más ruido que el susurrante fluir del río y el agudo trino de los pájaros replicando al zumbido de los bichos.
En algún lugar un ocelote ruge.

Conozco la poesía cuando la escucho.

GLOSARIO

A home that glows warm with love: un hogar cálido que irradia amor

All up in this cuero: dentro de esta piel

Answering the bully: respondiendo al abusón

A profession to sustain you: un oficio con el que mantenerte

Bae: nena

Black Cats: un tipo de fuego artificial

Borderland: región fronteriza

Border Patrol: patrulla fronteriza

But there's value in manual labor: Pero el trabajo manual tiene valor

Cajuela: baúl de un auto

Cartoon: caricatura

Chamaco: muchacho

Chavalillo: niño chiquito

Chido: genial

Chola: mujer chicana que viste ropa asociada con la cultura urbana

Chones: calzones, ropa interior

Colonia: en Estados Unidos, un barrio pobre con poca infraestructura

Crazy for cucuys: fanático de los monstruos

Cuate: amigo

Cucuy: monstruo

Dijiendo: diciendo

Diverse nerds: nerds diversos, de diferentes culturas

Drive-Thru: autoservicio

Driveway: el estacionamiento de una casa

El Cucu: El Coco, un monstruo que se lleva a los niños desobedientes

Enmoladas: tortillas enrolladas, rellenas de pollo y cubiertas de mole (una salsa oscura)

Fist bumps all around: todos chocamos puños

For the littlest brats: para los mocosos más chiquitos

Frost: Robert Frost, poeta estadounidense

Fregona: mujer fuerte

Geek: genio con la tecnología; amante de los cómics, la ciencia ficción, etc.

Generations of builders: generaciones de albañiles

Get on home, boys: Vuelvan a casa, muchachos

Go back, wetbacks! Build that wall!: ¡Regresen, mojados! ¡Que se construya el muro!

Go check the score: ve a ver el puntaje

Güero: de tez clara (a veces con ojos claros)

Happy birthday to you: Feliz cumpleaños a ti

Headsets: audífonos

Huerco: niño, mocoso

I'm going to college, you know: voy a ir a la universidad, sabe

Joya: marca mexicana de refrescos

Lighters: encendedores

Llanta: neumático

Lockers: armarios, casilleros

Locochón: raro pero genial

Me andaba mucho: me urgía ir al baño

Naiden: nadie

Next up: state champs!: Siguiente escala: ¡el campeonato estatal!

Ni en cuenta: no se daban cuenta

Nojotros: nosotros

No se agüiten: no se depriman

Not the door. Not one hundred locks: Ni la puerta. Ni cien candados.

Obviously plagiarized: Obviamente un plagio
Órale: genial, está bien
Our men dive right into the jaws of the Wolf: Nuestros hombres se lanzan a la boca del lobo
Pachona: peluda
Peanuts: cacahuates
Pingo: diablillo, niño travieso
Playlist: lista de canciones en una aplicación
Popcorn: palomitas de maíz
Pos: pues
Regaderazo: una ducha
Roses die: las rosas mueren
Sangrón: arrogante
School bullies: abusones de la escuela
Soto: Gary Soto, poeta chicano
Shopping: compras
Takis: una marca de frituras picosas
Teacher: maestro
Tejabán: pequeña casa de madera
Tex-Mex: mezcla de español e inglés común en el sur de Texas
That's true: eso es verdad
The bully: el abusón
The juicy gossip: el chisme sabroso
There's a nutjob waiting inside every sane man: cada hombre cuerdo lleva un loco dentro
This skin: esta piel
Tlacuache: zarigüeya
Todo ese jale: todas esas cosas
Tráilers: avances de película
Uncle: tío
Welcome, friend: bienvenido, amigo
What?: ¿Qué?

Whoa: Caray

Yup, but I squirted ese mugrero right in his eye: Sí, pero le eché esa mugre justo en el ojo

Zacate: césped